AF237409

Eselsohr auf Seite 19

Der Stadtbibliothek Mannheim
zum 125-jährigen Jubiläum

Kai Rohlinger

Eselsohr auf Seite 19

Bibliografische Information der Deutschen Nationalbibliothek:
Die Deutsche Nationalbibliothek verzeichnet diese Publikation
in der Deutschen Nationalbibliografie; detaillierte bibliografische
Daten sind im Internet über dnb.dnb.de abrufbar.

Herstellung und Verlag: BoD – Books on Demand Norderstedt
Umschlagabbildung: FreeCreativeStuff auf Pixabay

ISBN 978-3-7519-0713-2

Inhalt

Anfangszauber

Es war ein schöner blauer Morgen im September, doch wenn Gerüche eine Farbe hätten, wäre dieser Morgen eher dunkelbraun gewesen. Denn in den Straßen hing der bittersüße Duft der Schokinag, der den Einheimischen schon so vertraut war, dass sie ihn gar nicht mehr wahrnahmen; Fremde dagegen erkannte man daran, dass sie immer wieder stehen blieben und erstaunt die Nase in den Wind hielten.

Miriam Katzschke gehörte weder zu der einen noch zu der anderen Gruppe. Sie wohnte zwar schon lange genug in der Quadratestadt, um sich dort heimisch zu fühlen; dennoch schenkte sie dem Schokoladenaroma an diesem Morgen ihre volle Aufmerksamkeit: Sie schloss für einen Moment die Augen, legte den Kopf in den Nacken und atmete tief ein. Dann lächelte sie, wandte sich nach links und lief mit großen Schritten in Richtung Haltestelle.

Obwohl sie diesen Weg schon oft gegangen war, kam er ihr heute irgendwie anders vor als sonst. Das lag aber nicht daran, dass der quietschgelbe Opel mit den hundert Beulen und den lustigen Stickern ausnahmsweise einmal ordentlich geparkt war; auch nicht daran, dass der schmierige Imbiss an der Ecke einem hübschen kleinen Bistro mit veganen Gerichten gewichen war. Nein, was den Weg an diesem Morgen für Miriam so anders machte, war einzig die Tatsache, dass es von nun an der Weg zu ihrer neuen Arbeit war. Jedem Anfang wohnt bekanntlich ein Zauber inne, und diesen Anfangszauber wollte Miriam auskosten, so gut es ging.

Im Übrigen handelte es sich nicht um irgendeine neue Stelle, sondern um genau das, worauf sie schon lange gewartet hatte: Endlich, nach einer ganzen Reihe von öden Gelegenheitsjobs konnte sie nun in dem Beruf arbeiten, den sie studiert hatte (auch wenn den meisten Menschen gar nicht bewusst war, dass es dafür eines Studiums bedarf): nämlich als Bibliothekarin. Insofern kam ihr die Stelle bei der Mannheimer Stadtbibliothek nicht nur wie ein Glücksfall vor, sondern geradezu wie der legendäre Sechser im Lotto. Und tatsächlich hing das Ganze auch mit einem Sechser im Lotto zusammen, nur dass es nicht Miriams Spielschein gewesen war, sondern der von einer gewissen Despina Petrovic. Diese hatte neunzehn Jahre lang eine Zweigstelle der Stadtbibliothek geleitet und ebenso lange unverdrossen immer dieselben Zahlen angekreuzt, bis eines Samstagabends endlich diese Zahlen gezogen wurden. Und zwar alle sechs.

Nachdem Despina Petrovic sich vergewissert hatte, dass sie nicht träumte, hatte sie der Arbeit Lebewohl gesagt, ihre Koffer gepackt und war auf Weltreise gegangen. Und zwar für mindestens ein Jahr. Denn so sehr sie die Geschichten von Jules Vernes auch schätzte – in 80 Tagen um Welt, das schien ihr viel zu schnell. Und so kam es, dass die ehemalige Bibliothekarin in einem rotweißen Liegestuhl dösend das Kap der Guten Hoffnung umrundete, während ihre Nachfolgerin sich leise fluchend in die völlig überfüllte Mannheimer Straßenbahn quetschte. Trotzdem war Miriam nicht neidisch auf Despina Petrovic (und wenn, dann höchstens ein ganz kleines bisschen), denn für sie gab es nichts Schöneres, als den ganzen Tag von

Büchern umgeben zu sein. Schon als Kind war es ihr schwer gefallen, eine spannende Geschichte beiseite zu legen, und im Hause Katzschke gab es regelmäßig den Satz zu hören: »Nun leg' doch einmal den Schmöker beiseite, wir essen jetzt!«

Vielleicht lag es am vielen Lesen, dass Miriam im Alter von vierzehn Jahren eine Brille brauchte, was freilich nicht ohne Tränen ablief. Denn ein paar Trottel in ihrer Klasse fanden Gefallen daran, sie fortan in der Pause als Brillenschlange zu bezeichnen; und die ersten Gestelle, die auf Miriams Nase landeten, waren nicht dazu geeignet, diesem Spott ein Ende zu setzen. Doch seit sie entdeckt hatte, dass Brillen nicht nur ein notwendiges Übel, sondern auch ein schickes Accessoire sein können, hatte sie Frieden mit ihrer Kurzsichtigkeit geschlossen. Und dank des kessen, rotgerahmten Exemplars, das sie neuerdings trug, bekam sie sogar Komplimente – nur leider nicht von dem Richtigen.

Eben diese rotgerahmte Brille nahm Miriam nun ab, um die Gläser noch einmal zu putzen, ehe sie tief Atem holte und dann beherzt an die Tür der Zweigstelle klopfte, an welcher sie mittlerweile angekommen war. Von einer nahen Kirche schlug es eben acht.

Geöffnet wurde die Tür von einer kleinen Frau mit kurzen, grauen Haaren und Krähenfüßen in den Augenwinkeln. Lächelnd streckte sie Miriam die Hand entgegen und meinte: »Ah, guten Morgen, Frau Kratzer! Wie schön, dass Sie da sind! Herzlich willkommen!«

Das »Herzlich willkommen« schien keine leere Floskel zu sein, denn es duftete nach frisch gebrühtem Kaffee, und auf dem Tisch stand neben einer Thermoskanne und zwei Tassen auch ein Körbchen mit Croissants. Miriam war begeistert; dennoch sah sie sich genötigt, die Panne mit dem Namen gleich zu korrigieren: »Katzschke, nicht Kratzer«, sagte sie lächelnd. »Aber das passiert mir nicht zum ersten Mal.«

»Ach, natürlich, wie dumm von mir!«, erwiderte die Frau verlegen und stellte sich als Marlene Wassermann vor. »Marlene wie die Dietrich, und Wassermann wie der hier.« Bei diesem Worten zeigte auf ein kleines Amulett an ihrem Hals, das einen bärtigen Mann mit einem Fischschwanz darstellte.

»Mein Name passt zu meinem Sternzeichen, ist das nicht witzig?«, meinte sie lachend. Dann bot sie Miriam in einem Atemzug Kaffee, Croissants und das Du an, und als sie getrunken hatten, meinte sie fröhlich: »Na, dann will ich dich mal in die Geheimnisse der Bibliothek einweihen.«

Bei diesen Worten machte Miriams Herz einen freudigen Hüpfer. Geheimnisse der Bibliothek – das klang nach verborgenen Türen, verschollenen Texten, nach alten Folianten, verblassender Tinte und rätselhaften Zeichen, das klang nach wunderbaren Abenteuern wie bei Bastian Balthasar Bux in der *Unendlichen Geschichte* oder ...

»Hallo? Ist alles in Ordnung?«

Die Stimme der Kollegin riss Miriam jäh aus ihren Träumereien zurück in die Gegenwart. Vorerst war das einzige Geheimnis, in das sie eingeweiht wurde, das Passwort für die Software, mit der die verfügbaren Titel, die Namen der Benutzer, die Ausleihfristen, Mahngebühren und Vormerkungen verwaltet waren. Miriam seufzte und versuchte, sich alles einzuprägen.

Dann schlug es von der Turmuhr plötzlich zehn, und der Alltag ging los. Noch ehe der letzte Glockenschlag verhallt war, standen schon die ersten Besucher im Raum. Miriam hatte hinter der Verbuchungstheke Platz genommen und wartete ungeduldig auf das erste, nein, das allererste Buch, das sie verleihen durfte. Das magische Buch Nummer eins.

Man muss nämlich wissen, dass Miriam Katzschke ein kleines bisschen abergläubisch war – oder vielmehr: Sie legte großen Wert auf Symbolik. Schwarze Katzen von links, Freitag der Dreizehnte, mit dem rechten Fuß zuerst aufstehen, nicht unter Leitern hindurchgehen – das war natürlich alles blanker Unsinn! Aber das allererste Buch, das man an seinem allerersten Tag als Bibliothekarin verbuchen durfte, das war irgendwie bedeutsam, das war ein Symbol. Was würde es wohl sein? Ein spannender Fantasy-Roman? Ein fesselnder Krimi? Eine herzergreifende Liebesgeschichte? Ein Reiseführer zu den schönsten Flecken dieser Erde? Ein pfiffiger Ratgeber? Oder doch ein liebevoll gemaltes Buch für Kinder? Es gab so viele Möglichkeiten, und alle hatten etwas Zauberhaftes an sich. Zumindest fast alle.

Und dann kam er, der Besucher mit dem allerersten Buch. Es war ein großer, gutaussehender Typ Mitte zwanzig mit Urlaubsbräune im Gesicht. Er trug ein farbenfrohes Hawaiihemd und machte irgendwie den Eindruck, als sei er gestern noch auf einem Surfbrett über die Wellen des Pazifiks gejagt. Kinn und Wangen bedeckte ein kühner Dreitagebart, auf seinen Lippen lag ein spitzes Lächeln, und in den Händen hielt er ein schmales, knallbuntes Büchlein, dessen Titel schon von weitem zu lesen war. Er lautete *Die hundert dümmsten Blondinenwitze.*

Bei diesem Anblick krallte Miriam die frisch lackierten Nägel in die Platte der Verbuchungstheke. Gleichzeitig kamen ihr vier Fragen in den Sinn:

Erstens: Warum schreibt jemand so ein Buch?

Zweitens: Warum haben wir es im Bestand?

Drittens: Warum leiht sich dieser Typ es aus?

Und viertens: Warum muss gerade das mein allererstes Buch sein?

Miriam war zwar nicht blond – ihre Haare hatten die Farbe von Bio-Akazienhonig –, doch Blondinenwitze konnte sie partout nicht leiden. Blondinenwitze, das war für sie in etwa so lustig wie Curryflecken auf der neuen Bluse, ein platter Fahrradreifen oder eine Blinddarmentzündung. Aber was konnte sie tun? Das Buch war im Bestand, und jeder hatte das Recht, es zu leihen.

Verzweifelt schloss sie die Augen und rief in Gedanken das Universum zu Hilfe; denn das ist bekanntlich die einzige Instanz, die einem in solch einer Lage behilflich sein kann. Miriam an Universum, flehte sie lautlos, mach, dass er den Ausweis vergessen hat oder jemand sich vordrängelt! Mach, dass mein Computer sich aufhängt oder meinetwegen der Strom ausfällt! Mehr als diese Möglichkeiten fielen ihr beim besten Willen nicht ein, und sie konnte nur hoffen, dass das Universum über ein ausreichendes Maß an Kreativität verfügte.

Als sie die Augen wieder aufschlug, sah sie, wie der Witzefreund stehen blieb, sich an seinem Dreitagebart kratzte und tatsächlich bei den Reiseführern abbog. Miriam atmete auf und dankte dem Universum für die zügige Intervention. Gerade wollte sie sich ihren Emails zuwenden, als jemand ihr fröhlich »Guten Morgen« wünschte.

Erschrocken fuhr sie auf. Doch vor ihr stand nicht der Kerl mit den Witzen, sondern ein Mann, der ganz und gar nicht danach aussah, als könne er sich auch nur eine Minute lang auf einem Surfbrett halten. Er hatte einen dicken Wälzer bei sich, der sicher mehr enthielt als hundert Blondinenwitze.

»Das würde ich gerne leihen«, sagte er.

»Natürlich«, erwiderte Miriam lächelnd und nahm das Buch entgegen. Dann fiel ihr Blick auf den Titel: *Unser Darm – ein Wunder der Natur*.

Das Universum war auch schon mal besser, dachte sie bissig und scannte den Leseausweis.

Kaka du

Achim Andreas Aaron hatte sich schon als Kind daran gewöhnt, dass sein Name auf sämtlichen alphabetisch sortierten Listen immer ganz oben stand. Manchmal war das praktisch, manchmal lästig, meistens aber egal. Woran er sich jedoch niemals gewöhnen konnte, war die Tatsache, dass Bestseller-Listen einem anderen Ordnungsprinzip folgen. Aaron war nämlich Schriftsteller, oder zumindest war er davon überzeugt, einer zu sein. Sein Erstlingswerk war ein dünnes Bändchen mit experimenteller Lyrik, das es durch irgendein Wunder oder eine vorübergehende Geistesverwirrung des Lektors in das Programm eines regionalen Verlags geschafft hatte, worauf Aaron ungefähr so stolz war wie auf die Verleihung des Literatur-Nobelpreises, ein Ereignis, das seiner Meinung nach unweigerlich bald eintreten würde. Er strahlte so viel Zuversicht und Selbstbewusstsein aus, dass sich die Stadtbibliothek bereiterklärte, in einer ihrer Zweigstellen eine Lesung zu veranstalten.

So schlüpfte er eines Abends in seinen schwarzen Rollkragenpullover, brachte seinen Haare in verwegene Unordnung und machte sich auf den Weg, unter dem Arm ein Exemplar des preisverdächtigen Werkes. Während er im Schein der Leselampe Platz nahm und feierlich sein Buch aufschlug, blickten ihm exakt acht Augen erwartungsvoll entgegen. Und da sich im Publikum weder Blinde noch Einäugige befanden, bedeutete dies wohl oder übel, dass der große Dichter vor ganz genau vier Menschen seine Verse zum Besten geben würde.

Diese vier Menschen waren sich bald darüber einig, dass der Bergsträßer Weißwein, der in der Pause ausgeschenkt wurde, vorzüglich schmeckte. Auch in Bezug auf Aarons Gedichte fand man rasch zueinander; das Wort »vorzüglich« fiel dabei nicht. So war es kein Wunder, dass unser Dichter, der eben noch stolz wie ein Pfau die Räume der Bibliothek betreten hatte, zwei Stunden später wie ein gerupftes Suppenhuhn nach Hause wankte.

Das Buch, aus welchem er vorgelesen hatte, blieb auf dem Tischchen mit der Leselampe liegen, und als man ihn darauf hinwies, winkte Aaron nur müde ab und ging seiner Wege. So gelangte das Werk in den Bestand der Bibliothek, und es bekam einen Platz im Lyrikregal, im obersten Bord ganz links, denn Gedichte werden wie Romane bekanntlich nach den Namen des Autoren alphabetisch sortiert.

Ob Achim Andreas Aarons zweites Buch ein größerer Erfolg geworden wäre als das erste, lässt sich nicht sagen, denn dazu hätte er es schreiben müssen. Aber das Schicksal wollte, dass er nur wenige Wochen nach der fatalen Lesung einen noch fataleren Zusammentoß mit einem Lieferwagen hatte, was das jähe Ende seiner literarischen Laufbahn bedeutete.

Diese Ereignisse lagen schon fast ein halbes Jahrhundert zurück, als eine junge Bibliothekarin mit rotgerahmter Brille und einer Jahreskarte des VRN in der Tasche dieselbe Zweigstelle betrat. Sie hatte nur wenig Schlaf gefunden in der vergangenen Nacht, und das sah man ihr auch an: Ein boshafter Erzähler würde sagen, die Augenringe reichten bis zu den Mundwinkeln. Schuld daran war, wie schon in der Nacht zuvor, ihr Neuer, das heißt, der neue Fantasy-Roman, den sie gerade las und der so spannend geschrieben war, dass Miriam sich erst um zwei Uhr nachts davon losreißen konnte. Zumindest zum ersten Mal; denn endgültig dunkel wurde es tatsächlich erst um drei.

Nachdem sie eine große Tasse Milchkaffee getrunken hatte, war sie in der Lage, ihre Augen dauerhaft offen zu halten. Da fiel ihr Blick auf eine blaue Kunststoffkiste, in welche jemand ziemlich achtlos ein paar Bücher geworfen hatte.

»Was sind denn das für Titel?«, fragte sie gähnend. »Kommen die nicht zurück ins Regal?«

Ihre Kollegin schüttelte den Kopf. »Nein, das ist die so genannte Wegwerfkiste. Alle diese Bücher kommen in den Müll. Weil sie aber in Folie eingebunden sind, dürfen sie nicht einfach in die Tonne geworfen werden – der Umwelt zuliebe.«

Miriam war entsetzt: Bücher zu entsorgen, sie einfach wegzuwerfen, ob nun umweltgerecht oder nicht, das erschien ihr wie ein Frevel. Deshalb fragte sie hastig: »Ja, kann man die denn nicht verkaufen? Für einen Euro das Stück? Oder meinetwegen auch verschenken?«

Aber die Kollegin schüttelte erneut den Kopf und meinte seufzend: »Glaub mir, das haben wir schon versucht. Das hier sind die absoluten Ladenhüter, die will keiner mehr haben, nicht einmal geschenkt.«

Miriam rückte ihre Brille zurecht und nahm sich das oberste Buch vor. Es war *Das Gespenst von Canterville* von Oscar Wilde, ein wunderbares Buch, zumindest was den Text betrifft. Denn dieses Exemplar befand sich in einem wahrhaft bedauernswerten Zustand. Als Miriam es aufschlug, fielen die einzelnen Blätter heraus und segelten zu Boden wie Laub im November. Das war einerseits traurig, andererseits bezeugten die Knicke, Risse, Eselsohren, Flecken und Bleistiftnotizen, dass dieses Exemplar durch allerlei Hände gegangen war und vielen Menschen vergnügliche Stunden bereitet hatte. Insgesamt machte das Buch den Eindruck, als sehne es sich wie seine Hauptfigur nach Ewiger Ruhe und Erlösung.

Anders verhielt es sich mit dem zweiten Titel in der Kiste. Das schmale Bändchen wirkte neu, zumindest kaum gebraucht, nur etwas angestaubt. Der Einband war grün und zeigte einen weißen Vogelkopf mit aufgestellter Haube.

»Achim Andreas Aaron. Kaka Du. Gedichte«, las Miriam halblaut vor sich hin und zuckte mit den Schultern. Lyrik war nicht ihr Fall, und so legte sie das Buch zurück in die Kiste und vergaß es auf der Stelle wieder, weil in diesem Augenblick eine Mutter mit drei kreischenden Kindern hereinkam, und jedes von ihnen hatte ein tropfendes Eis in der Hand.

Am nächsten Morgen war die blaue Kiste leer. Die Bücher waren fort, entsorgt, umwelt- und fachgerecht. Umso erstaunlicher war es, dass sich der Aaron ein paar Wochen später wieder im Regal befand. Miriam bemerkte es durch Zufall, als sie ein Werk von Bettina von Armin suchte: Es stand im obersten Bord, ziemlich weit links. Dabei fiel ihr der grüne Nachbar mit dem Vogel auf. Verwundert zog sie ihn hervor und schwenkte ihn in der Luft.

»Hatten wir das hier nicht ausgesondert?«, fragte sie quer durch den Raum.

Marlene Wassermann nickte.

»Wie kommt der wieder ins Regal?«

Marlene hob die Schultern.

»Hast du ihn wieder zurückgestellt?«

Marlene schüttelte den Kopf. Sie war im Laufe der letzten Wochen nicht etwa stumm geworden, sondern kämpfte gegen eine böse Rachenentzündung.

Miriam schnappte den Wiedergänger und legte

ihn in die Kiste. Dort bildete er den Grundstein für die nächste Wegwerfsammlung.

Am nächsten Morgen war die Kiste leer und die Lücke im Regal gefüllt.

»Das ist nicht witzig«, murmelte Miriam. Als sie die Bücherei verließ, lag der Aaron erneut in der blauen Kiste. Das war am Freitagnachmittag.

Am Samstag ging sie mit Freunden feiern, am Sonntag schlief sie lange und hatte trotzdem Kopfweh. Sie blieb im Bett und las den Fantasy-Roman zu Ende. Natürlich gewannen die Elfen.

Am Montagmorgen kam sie in die Bücherei, warf einen Blick in die Kiste, seufzte – und ging zum Regal. Da stand das grüne Buch, im obersten Bord, ganz links. Als wäre es niemals woanders gewesen.

»Das ist jetzt wirklich nicht mehr witzig«, meinte Miriam zu sich selbst; denn sonst war niemand im Raum. Marlene hatte den Kampf gegen die Rachenentzündung aufgegeben und sich krank gemeldet. Als Täterin kam sie wohl nicht in Frage.

Miriam beschloss, der Sache auf den Grund zu gehen. Sie öffnete die Software und gab den Titel ein. Aber das Buch von Achim Andreas Aaron war schon gelöscht und wurde nicht mehr angezeigt.

Doch hinten im Buch war noch immer die Kartei-karte aus den Zeit vor der Digitalisierung. Und die bewies, was Miriam bereits vermutet hatte: Das Buch war niemals ausgeliehen worden. Kein einzi-ges Mal. Kein einziger Leser hatte es aus dem Re-gal gezogen, die ersten Seiten überflogen und es dann nach Hause mitgenommen. Seit über vierzig Jahren stand es unberührt an seinem Platz, ein La-denhüter, ein Staubfänger, der größte Looser unter allen Titeln, die je den Weg in diese Zweigstelle gefunden hatten. Und dennoch schien es nicht weichen zu wollen, als habe es die Hoffnung noch immer nicht aufgegeben, eines Tages einmal zur Lektüre zu werden, gelesen zu werden – und viel-leicht sogar geliebt.

Miriam fasste sich an die Stirn. Was waren denn das für Gedanken! Ein Buch war schließlich kein Mensch, es hatte keine Gefühle. Es war nur Druckerschwärze auf Papier, dazu ein bisschen Klebstoff, Farbe und Pappe. Es hatte keine Beine, um zurückzukehren, es hatte keine Arme, um hi-naufzuklettern ins Regal an seinen angestammten Platz. Also musste irgendjemand sich hier einen Scherz erlauben. Aber wer war es? Und was war sein Motiv? Und vor allem: Wie stellte dieser Je-mand das an?

Noch einmal kam das Buch in die Kiste, und die Kiste kam in den Schrank, und der Schrank wurde verschlossen, und den Schlüssel nahm Miriam mit. Am nächsten Morgen würde es nicht im Regal stehen.

Aber es stand am nächsten Morgen im Regal. Miriam stöhnte. Dann aber tat sie, was jede echte Bibliothekarin und Leserin von Fantasy-Romanen an ihrer Stelle auch getan hätte: Sie steckte das Buch in die Tasche und nahm es mit nach Hause, um endlich den Fluch der Ungelesenheit zu brechen. Sie kochte Nudeln mit Tomatensoße, schenkte sich ein Gläschen Rotwein ein, aß ihre Nudeln, erledigte den Abwasch und legte sich aufs Sofa. Mit dem Rotwein und dem Buch. Sie schlug es auf und las:

Kaka du

Kaka ich
Kaka du
Kaka er sie es
Kaka wir
Kaka ihr
Kaka sie

Miriam seufzte. Das fing ja gut an! Sie setzte das Weinglas an die Lippen und nahm einen tüchtigen Schluck. Zum Glück war das Buch nicht dick, zum Glück stand auf jeder Seite immer nur ein Gedicht und zum Glück war noch genügend Rotwein da. Mutig blätterte sie um.

Weiß-Sagung

Weiß wie Schnee
Weiß wie Kreide
Weiß wie Milch
Weiß wie Kalk
Weiß wie die Wand
Weiß wie es geht
Weiß der Himmel
Weiß der Geier

In Miriam stieg die Ahnung auf, dass Rotwein womöglich nicht das Richtige wäre; für diese Verse brauchte man eigentlich Cognac. Aber ihre Barmherzigkeit ging nicht so weit, dass sie dafür zur Alkoholikerin werden wollte.

Es dauerte bis Mitternacht. Sie wühlte sich durch das ganze Buch, Seite um Seite, Vers um Vers. Bis zum bitteren Ende – so hieß ironischerweise das letzte Gedicht: »Bitteres Ende«. Schließlich war sie erschöpft und die Flasche leer.

Sie ging ins Bett und schlief wie ein Stein. Am nächsten Morgen schnappte sie das Machwerk, fuhr zur Arbeit und warf es in die Kiste.

»Da liegst du nun und bleibst auch drin,

So wahr ich Bibliothekarin bin!«,

rief sie mit erhobenem Zeigefinger. Dann nahm sie ein Bündel Papier und stopfte es in eine freie Stelle im Lyrikregal. Und zwar im obersten Bord, ganz links.

Herr der Finsternis

Es war eine sinistre Gesellschaft, bestehend aus sieben Gespenstern, zwei Hexen und drei Vampiren. Dazu ein kleiner dicker Zombie. Sie saßen im Halbkreis auf dem Boden und warteten ungeduldig.

»Er wird sicher gleich kommen«, hieß es nun schon zum dritten Mal. Aber die Blicke der Kinder verrieten, dass sie nicht mehr so recht daran glaubten.

Auch Miriam Katzschke war nicht so optimistisch, wie sie vorgab zu sein. Es war schon fünf vor sieben, und um sieben sollte eigentlich die Lesung beginnen. »Halloween – ein schaurig-schöner Abend«, so versprach es das Plakat mit dem grinsenden Kürbis darauf. Doch wie es aussah, würde es wohl eher ein Abend der enttäuschten Erwartungen werden.

Noch einmal kontrollierte sie ihr Handy, ob nicht wenigstens eine Kurznachricht da war, die Anlass zur Hoffnung gab. Dass der Erzähler nur im Stau stand oder sich verfahren hatte. Aber da war nichts, keine Nachricht und kein verpasster Anruf. Sie seufzte und wählte die Nummer von Mirco Quatt, dem so genannten »Herrn der Finsternis«, der diesen Abend in der Bücherei gestalten sollte. Aber wie schon beim letzten Mal bekam sie nur die Auskunft, der gewünschte Teilnehmer sei derzeit nicht erreichbar.

Sie lächelte den Kindern zu und meinte mit gespieltem Optimismus: »Ich gehe nur rasch vor die Tür; vielleicht ist er ja draußen und findet den Eingang nicht. So was kommt manchmal vor.«

Sieben Gespenster, zwei Hexen und drei Vampire nickten. Nur der kleine Zombie bohrte verträumt in der Nase und bekam nichts mit.

Draußen war es schon dunkel, und durch die Straßen waberte der Nebel – die perfekte Stimmung für einen solchen Abend, wenn nur der Erzähler endlich käme! Aber er kam nicht, weder von links noch von rechts, und auch das Handy schwieg beharrlich.

Miriam machte sich Sorgen, um die Veranstaltung nicht weniger als um den Gast. Noch ein paar Male ging sie vor dem Eingang auf und ab wie Rilkes Panther im Käfig, dann wurde es ihr zu kalt und irgendwie auch zu dumm. Jetzt musste sie stark sein!

Auf dem Rückweg zur Leseecke kam ihr ein Gedanke. Sie drückte im Vorübergehen einen Schalter, und sofort war es duster im Raum. Erschrockenes Quietschen drang aus dem Winkel hervor, in dem die kleinen Gestalten hockten und warteten.

Miriam tastete sich vor bis zu dem Ohrensessel, der vergeblich auf den Erzähler wartete, ließ sich darin nieder und knipste die Leselampe ein. Dreizehn Augenpaare glänzten ihr im milden Licht entgegen.

Eine kleine Vampirin bleckte die spitzen Zähne. »Und jetzt?«

»Jetzt machen wir das Beste aus der Lage«, erwiderte Miriam. »Leider ist Herr Quatt verhindert.«

Sofort ertönte ein enttäuschtes Stöhnen.

»Aber wisst ihr was? Ich kann euch auch was Schauriges erzählen!«

Doch eine kleine Hexe mit krummer Nase und feuerroten Haaren schüttelte energisch den Kopf. »Das geht nicht«, behauptete sie trotzig.

»Ach, und warum nicht?«

»Weil du viel zu nett bist! Wie sollen wir uns denn da gruseln?«

Die Gespenster, Vampire, Hexen und der Zombie nickten traurig.

Auf einmal erklang eine Stimme, dumpf und hohl; sie schien aus dem Nichts zu kommen. Und diese Stimme sagte: »Ihr Kinder der Nacht! Hier spricht der Herr der Finsternis, der dunkle Meister!«

Dreizehn Augenpaare wurden ganz, ganz groß und spähten aufgeregt umher. Er war gekommen, Mirco Quatt, der Heißersehnte, und mit ihm die dunklen Geschichten aus Transsylvanien und anderen schrecklichen Orten! Natürlich ließ er sie nicht im Stich, das war ja nur sein Auftritt, düster und mysteriös. Natürlich, Mirco Quatt kam doch nicht einfach durch die Tür wie ein normaler Mensch! Nein, Mirco Quatt *erschien*! Dreizehn Augenpaare suchten überall nach dem Körper, der zu der dumpfen Stimme gehörte. Doch alles Spähen war vergebens, denn nirgends öffnete sich eine Pforte, und niemand kam herein. Kein anderer Erwachsener befand sich im Raum – die Eltern würden erst viel später kommen, um sie abzuholen –, kein Erwachsener war also da, abgesehen natürlich von Miriam. Und die sah ebenso verblüfft aus wie die Kinder.

»Ich bin nicht hier, und dennoch bin ich da!«, verkündete die Stimme. Ein kleines Gespenst bekam vor Aufregung Schluckauf.

»Schließt die Augen und öffnet die Ohren! Ich werde euch entführen in das Reich der Schatten, in die Welt jenseits des Lichts. Seid ihr bereit?«

Sieben Gespenster, zwei Hexen, ein Zombie und zwei Vampire nickten tapfer. Nur die kleine Vampirin drückte sich zitternd an die weißverhüllte Schulter ihres Bruders.

»Also«, raunte die Stimme, »es war einmal vor langer, langer Zeit in einem fernen, fernen Land! Dort lebte in einem Schloss ein Mann, den alle in der Gegend hassten. Und wisst ihr auch, warum?«

Dreizehn kleine Köpfe nickten ahnungsvoll.

Es wurde ein herrlicher Abend mit abgekauten Fingernägeln, offenen Mündern, zu Berge stehenden Haaren – und zwei bis drei durchnässten Hosen. Als Miriam Katzschke hinter den letzten Besuchern die Tür schloss, lächelte sie müde und dennoch zufrieden. Endlich hatte er sich ausgezahlt, der Sommerlehrgang im Bauchreden.

Der Nussknacker

Zum ersten Mal sah sie den Mann am siebten Januar. Es war der Morgen nach dem Dreikönigstag, die Zweigstelle hatte gerade wieder geöffnet, und die Schlange der Besucher, die ihre Urlaubslektüre zurückgeben oder ihre Lesevorräte auffrischen wollten, nahm schier kein Ende. Insofern war es Miriam nur selten vergönnt, einen Blick aus dem Fenster zu werfen und den langsam vom Himmel schwebenden Flocken zuzusehen. Weihnachten war grau und regnerisch gewesen, doch das neue Jahr brachte zumindest einen Hauch von Winterromantik mit sich.

Der Mann stand vor dem Fenster und starrte herein. Er war sehr groß und kräftig gebaut. Er trug einen dunkelgrünen Parka mit Kapuze und hellbraune Fäustlinge, denn draußen war es richtig kalt. Sein Atem gefror zu kleinen Wolken. Jetzt trat er an die Scheibe heran und starrte herein. Vermutlich wartete er auf jemanden, der vor der Theke in der Schlange stand. Die Scheibe beschlug von seiner Atemluft und wurde undurchsichtig. Da drehte er sich um und ging davon.

Zum zweiten Mal sah sie den Mann am achten Januar. Wieder stand er am Fenster und starrte herein. Aber er machte nicht den Eindruck, als halte er Ausschau nach jemandem; vielmehr kam es Miriam so vor, als schaue er zu ihr herüber, als beobachte er, wie sie die Leute bediente und die Bücher entgegennahm. Sie fühlte sich ein bisschen unwohl, schließlich gab es einen Haufen Spinner da draußen, und man las ja regelmäßig schlimme Dinge in der Zeitung über Frauen, die …

»Verzeihen Sie, Fräulein«, sagte plötzlich eine heisere Stimme. »Ich störe Sie nur ungern, aber ich würde dieses Buch hier gerne leihen.«

Miriam zuckte zusammen. Sie hatte gar nicht bemerkt, dass wieder jemand vor ihr stand. Es war ein älterer Herr mit einer runden, randlosen Brille und buschigen weißen Brauen – ein freundliches, harmloses Gesicht. Man konnte sich gut vorstellen, dass er vor einem Monat als Nikolaus verkleidet war.

Eine Entschuldigung murmelnd nahm Miriam das Buch entgegen, das er leihen wollte – und zuckte abermals zusammen. Es war *Das Schweigen der Lämmer*.

Zum dritten Mal sah sie den Mann am neunten Januar. Das war, als er hereinkam. Sie kämpfte gerade mit der Widerspenstigkeit ihrer Software und blickte nur einen Moment lang vom Bildschirm auf, als sie den kühlen Luftzug spürte. Da stand er auf einmal im Eingang, in seinem dunkelgrünen Parka. Die Kapuze hatte er abgenommen, und man konnte ihn nun besser erkennen. Er hatte das reinste Nussknackergesicht – zumindest war das Miriams erster Gedanke. Ein paar Sekunden stand er etwas ratlos da, dann verschwand er zwischen den Regalen.

Miriam vergaß die Softwareprobleme; in den nächsten Minuten klapperte sie nur zum Schein auf ihrer Tastatur herum, tatsächlich aber hielt sie Ausschau nach dem Fremden. Der tauchte immer wieder auf, zog hier und da ein Buch hervor, schlug es auf, starrte eine Weile auf die Seiten und stellte es dann wieder zurück. Es war ganz offensichtlich, dass dies alles nur der Tarnung diente und ihm einen Vorwand gab, im Raum zu bleiben.

Du solltest ihn ansprechen, sagte Miriam zu sich selbst. Aber das war leichter gesagt als getan. Verzweifelt hielt sie nach Marlene Wassermann Ausschau, aber die war nirgends zu sehen. Als Miriam sich wieder nach dem Mann umdrehte, bemerkte sie gerade noch den dunkelgrünen Schemen, der durch den Ausgang schlüpfte und die Tür hinter sich zuzog.

Zum vierten Mal sah sie den Mann am zehnten Januar. Sie trug gerade einen Stapel Bücher zum Regal, und als sie um die Ecke bog, stand er auf einmal vor ihr. Vor Schreck ließ sie die Bücher fallen und taumelte zurück.

»Entschuldigen Sie bitte!«, sagte der Mann und bückte sich rasch. Er sammelte die Bücher auf und hielt ihr den Stapel entgegen. »Entschuldigen Sie bitte!«

Seine Stimme war leise, und seine Haltung wirkte schüchtern und verlegen. Aber das hatte nichts zu bedeuten. Viele Verrückte waren so beim hellen Tageslicht, doch nachts in einer dunklen

Gasse ... Miriam riss sich zusammen. Mit zitternden Händen nahm sie den Stapel entgegen. Dabei berührten sich leicht ihre Hände. Ein Schauder lief ihr über den Rücken.

»Entschuldigen Sie bitte!«, sagte der Mann zum dritten Mal, aber das machte es nicht besser. Er schien das zu merken; er öffnete den Mund und suchte offenbar nach Worten, dann schloss er ihn wieder, wandte sich um und eilte davon.

Miriam musste sich setzen.

Zum fünften Mal sah sie den Mann am dreizehnten Januar. Das ganze Wochenende hatte sie mit sich gerungen: Sollte sie sich jemandem anvertrauen? Vielleicht einer Freundin? Oder Marlene? Oder den Vorgesetzten? Oder der Polizei? Aber aus welchem Grund?

»Er hat mich angestarrt.«

»Das ist noch kein Verbrechen.«

»Er hat die Bücherei betreten.«

»Während der Öffnungszeiten?«

»Ja.«

»Das ist doch normal.«

»Er hat kein Buch geliehen!«

»So etwas kommt vor.«

»Er hat mich erschreckt und sich entschuldigt. Und zwar dreimal.«

»Was möchten Sie hier eigentlich?«

So würde es laufen, das Gespräch. Sie hatte keine Chance. Man würde sie erst dann ernst nehmen, wenn es zu spät war. Wenn etwas geschehen war. Und zwar ihr, Miriam Katzschke.

Sie hatte auf dem Nachttisch einen Thriller liegen, doch war ihr die Freude an der Lektüre vergangen. Ihre Nerven lagen blank, am liebsten hätte sie *Die Häschenschule* gelesen, mehr war ihr derzeit nicht zuzumuten.

Dann kam der Montag. Und sie wusste genau, er würde ebenfalls kommen, der Mann mit dem Nussknackergesicht. Heute war der Showdown, so viel stand fest.

Und tatsächlich kam er, kurz vor Feierabend. Niemand sonst war da, nur er und sie. Er kam herein mit seinem dunkelgrünen Parka, mit seinem kantigen Gesicht und den großen, kräftigen Pranken. Er stand in der Tür und sah sie an.

Geh weg, geh weg und lass mich in Ruhe!, flehte Miriam lautlos. Aber er ging nicht weg. Er kam auf sie zu, mit einem schiefen Lächeln.

»Entschuldigen Sie bitte«, sagte er leise und sah sich um, als habe er Angst, dass jemand ihn belauschen könne. »Entschuldigen Sie bitte. Haben Sie Bücher ... zum Lesen ... zum Lernen ... ich meine, zum Lesenlernen.«

Die Frage kam so unerwartet, dass Miriam nichts sagen konnte. Ein paar Sekunden standen sie einander gegenüber und starrten sich an. Dann endlich nickte sie.

»Natürlich haben wir Bücher zum Lesenlernen. Folgen Sie mir ... bitte.«

Sie ging voraus. Sie wollte nicht, doch ihre Beine liefen von selbst. Es kam ihr vor, als würde sie schlafwandeln. Das ist es, dachte sie bitter, das ist es, was er will: Ich laufe vor ihm her. Gleich legt er seine großen Pranken um meinen Hals, gleich drückt er zu, gleich ist es aus.

Dann standen sie vor dem Regal.

»Wie wäre es damit?«, fragte Miriam und gab ihm *Lesen lernen mit Erna der Eule*, ein Buch fürs Vorschulalter. Er nahm es, klappte es auf und starrte auf die bunten Bilder und die lustig gezeichneten Buchstaben. Er runzelte die Stirn, dann nickte er zögernd. Doch plötzlich holte er tief Luft und sagte, wie unter Schmerzen: »Nein, das meine ich nicht. Ich suche etwas ... für Erwachsene. Für mich. Ich möchte ... endlich ... lesen können.«

Fauler Zauber

Die meisten Menschen haben eine Lieblingsfarbe, zum Beispiel Senfgelb, Meergrün oder Pink. Meergrün war die Lieblingsfarbe von Marlene Wassermann, das war sie ihrem Namen und auch ihrem Sternbild schuldig. Abgesehen davon passte es tatsächlich zu ihr. Miriam Katzschke hatte ebenfalls eine Lieblingsfarbe, und das war Feuerwehrrot. Auf diese Erkenntnis war sie aber erst nach einer langen Odyssee gekommen. Angefangen hatte es mit dieser kessen, rotgerahmten Brille – und plötzlich gab es da noch anderes, das rot war und zu ihr wollte: diese Schuhe zum Beispiel oder der Schirm, den sie an einem regnerischen Märztag auf dem Heimweg kaufte, um nicht völlig durchweicht zu werden.

Auch das Mädchen, das vor einer Viertelstunde

in die Bücherei gekommen war, besaß ganz offensichtlich eine Lieblingsfarbe, nämlich Schwarz. Alles an ihr war schwarz: die langen, glatten Haare, das T-Shirt, der Mantel, die Hosen, die Stiefel, die Fingernägel, die Lippen, der Lidschatten. Es gab nur zweierlei, das nicht die Farbe der Nacht besaß, und zwar den weißen Schriftzug »Carpe noctem« auf ihrer Brust und darüber ihr bleiches Gesicht. Für die Kreidefelsen von Rügen wäre dieser Farbton sicher normal gewesen, doch im Gesicht einer schätzungsweise Siebzehnjährigen wirkte er ein kleines bisschen morbide. Mit hängenden Schultern schlurfte sie die Reihen der Regale entlang, fuhr mit dem Zeigefinger über die Rücken der Bücher, murmelte vor sich hin und schüttelte ständig den Kopf. Schließlich kam sie nach vorne zur Verbuchungstheke, zog hörbar die Nase hoch und fragte: »Hamse hier auch Zaubabücha?«

Sie sprach so leise und nuschelnd, dass Miriam sie erst nicht verstand. Erst beim zweiten Anlauf klappte es.

»Oja, natürlich«, sagte die Bibliothekarin und nickte eifrig, »wir haben *Krabat*, den *Zauberer von Oz* – und selbstverständlich alle sieben *Harry-Potter*-Romane. Nur kann es sein, dass manche davon gerade verliehen sind.«

Das Mädchen runzelte die Stirn, dann schüttelte es den Kopf. »Das mein' ich nicht'. Das ist doch alles nur erfunden, oder? Was ich such', das sind richtige Bücher, in den' was drinsteht, das auch stimmt.«

»Ach so«, erwiderte Miriam, »ein Sachbuch also. Ich glaube, wir haben etwas über gallische Druiden, über griechische Orakel – und sicher auch etwas über Hexen.«

»Hexen? Ja, das hört sich schon besser an!«

»Oder eher gesagt: über die Hexenverfolgung.«

»Dann nich'. Ich brauch' was Praktisches. Denn grau, mein Freund, ist alle Theorie!«

Erstaunt hob Miriam die Brauen, als sie das Goethe-Zitat aus dem Munde dieser Tochter der Nacht vernahm, und noch dazu in aller Deutlichkeit. Allerdings verstand sie noch immer nicht ganz, wonach das Mädchen eigentlich suchte. Vermutlich verriet das auch ihr Gesichtsausdruck, denn die Schwarzgekleidete fuhr fort: »Ich will's Ihn'n mal erklär'n. Mein Freund – das heißt, mittlerweile mein Exfreund – hat mich nach Strich und Faden verarscht. Enschuldig'nse bitte den Ausdruck, aber das lässt sich einfach nich' vornehmer sag'n. Ich spar' mir die Details, aber eins is' mal klar: Ich will nich', dass der ungestraft davonkommt. Der braucht mal 'nen Denkzettel, versteh'nse? Ich mein' nix Ernstes, nich' die Pest an 'n Hals oder 'nen Unfall, bei dem man gleich im Rollstuhl landet. So 'ne fiese Zicke bin ich nich'. Aber irgendwas muss passier'n mit dem. Ich dachte, so 'n böses Jucken im Schritt oder ein, zwei Wochen Schmerzen im Rücken vielleicht. Oder 'n fauler Zahn, der rausmuss, ja, das wär's! Naja, und sicher gibt's auch Bücher, in den'n drinsteht, wie man das anstellt. Sie wiss'n schon: mit Pentagramm und Hühnerblut bei Vollmond und so. Im Internet hab' ich nich' so viel gefund'n und im Bücherlad'n war'n die so was von ahnungslos! Die ha'm zwar 'ne Esoterik-Ecke, größer als der Kleiderschrank von meiner Schwester, und das will was heißen, aber was Brauchbares ha'm die nicht. Nur Horoskope, Seelenorakel und Bastelanleitungen für Traumfänger. Hokuspokus für geistig Arme halt. Naja, und da dacht' ich mir, weil Ihre Bücherei doch richtig alt ist, dass Sie vielleicht was ha'm.«

Nach diesem langen Monolog hielt sie inne und blickte die Bibliothekarin mit einer Mischung aus Trotz und Zuversicht an.

Miriam schluckte. Jetzt hatte sie zwar ganz genau verstanden, was das Mädchen suchte, aber sie wusste nicht, was sie erwidern sollte. Daher meinte sie, um etwas Zeit zu gewinnen: »Die Bibliothek ist tatsächlich sehr alt, wir feiern unser hundertfünfundzwanzigjähriges Jubiläum.«

Die Tochter der Nacht zeigte sich mäßig beeindruckt. »Fünf hoch drei, 'ne gute Zahl. Dann herzlich'n Glückwunsch! Aber was is' mit den Büchern jetzt?«

»Nun ja«, sagte Miriam und räusperte sich verlegen. »Ich fürchte, das, was Ihnen vorschwebt, haben wir nicht im Haus. Und ich bin mir auch gar nicht sicher, ob es das überhaupt gibt.« Sie ließ mit Absicht offen, ob sie Zauberbücher meinte oder die Art von Effekten, die sich das Mädchen erhoffte.

Sie machte eine kurze Pause, dann fügte sie mit maximaler Empathie hinzu: »Es geht mich ja eigentlich nichts an, aber mal ehrlich: Halten Sie denn Schadenszauberei für eine Lösung? Mit Vodoo oder Flüchen erreichen Sie doch gar nichts. Wäre es nicht besser, mit Ihrem Ex-Freund zu reden – oder ihn zu vergessen, wenn er Ihnen so zuwider ist? Alles andere macht Sie am Ende nur unglücklich.«

Die Schwarzgekleidete starrte sie an. Miriam wurde es ein bisschen mulmig. Das Schweigen dauerte eine ganze Weile. Dann sagte das Mädchen: »Da ha'm Sie recht, das geht Sie wirklich nichts an.«

Nach diesen Worten drehte sie sich um und stapfte zur Tür, die sie mit einem lauten Knall hinter sich zuschlug. Miriam schüttelte verwundert den Kopf.

»Die Jugend von heute!«, knurrte eine Frau mit grauen Haaren, die offenbar alles mit angehört hatte. Miriam zuckte bloß mit den Schultern.

»Auf was für Ideen die kommen!«, schnaubte die Frau. »Von wegen schwarze Magie! Ich habe meinem ersten Ex-Freund einfach die Beatles-Platten zerbrochen. Das hat ihm viel mehr weh getan als so ein fauler Zauber!«

Die Stimmen-Doppelgängerin

Manche Besucher hörte Miriam, noch bevor sie zu sehen waren. Da gab es beispielsweise die quirligen Zwillinge, die immer im Partnerlook auftraten und es einfach nicht schafften, leise in die Bibliothek zu kommen; oder den älteren Herrn, der immer ein fröhliches Liedchen vor sich hinpfiff und erst damit aufhörte, wenn er vor ihr an der Verbuchungstheke stand; oder das Mädchen mit den Sommersprossen, das vermutlich unter einer Pollenallergie litt, denn seit Wochen kündigte ein fürchterliches Niesen sein Erscheinen an.

Am charakteristischsten aber war das Geräusch, mit dem Frau Zieglitz den Raum betrat. Es war nicht laut und wäre in einer weniger ruhigen Umgebung wahrscheinlich gar nicht aufgefallen; doch in den Räumlichkeiten der Zweigstelle herrschte meistens angenehme Stille, und so war das leise Klacken gut zu hören. Es stammte nicht etwa von monströsen Stilettos, sondern von einem weißen Teleskopstab, der einmal rechts und einmal links gegen den Türrahmen schlug.

Frau Zieglitz war nicht vollständig blind, doch ihre Sehkraft war derart geschwächt, dass sie sich ohne diese Hilfe nicht auf die Straße traute. Behutsam ertastete sie sich den Weg zur Theke, an welcher Miriam gerade saß, lehnte ihren Stab dageben und holte aus ihrer großen, geflochtenen Tasche drei bunte Kunststoffhüllen.

»Ah, Frau Zieglitz«, sagte Miriam zur Begrüßung, »wie haben Ihnen denn die Hörbücher gefallen?«

Frau Zieglitz strahlte. »Gut, und ganz besonders das mit Ihnen!«

»Wie meinen Sie das bitte?

»Na, das Krimi-Hörspiel *Die Tote im Löwenkäfig*. Da sprechen Sie doch die Kommissarin. Alle Achtung, wie Sie das machen!«

Miriam schüttelte den Kopf.

»Ich glaube, Sie verwechseln da etwas«, meinte sie. »Ich verwalte diese Medien nur und leihe sie aus. Aber ich stelle sie nicht her. Weder bin ich Hörbuchsprecherin noch Schriftstellerin. Auch wenn es mich durchaus einmal reizen würde.« Sie dachte zurück an den Abend im letzten Oktober, als sie den Kindern Gruselgeschichten erzählt hatte. Das war schon eine tolle Sache gewesen, die sie gerne einmal wiederholen würde.

»Seien Sie doch nicht so bescheiden!«, unterbrach Frau Zieglitz ihre Träumereien. »Ich finde Sie großartig!«

»Danke, aber ich habe wirklich keine Ahnung, wovon Sie sprechen!«, beteuerte Miriam.

Frau Zieglitz lächelte ironisch. »Meine Augen mögen ja nicht mehr so gut sein, aber meinen Ohren geht es hervorragend. Was das Hören angeht, macht mir so leicht keiner was vor. Ich höre zum Beispiel ganz genau, dass sich die beiden Burschen da hinten in der Ecke gerade einen Blindenwitz erzählen!«

Den letzten Satz hatte sie ein wenig lauter gesprochen als den Rest. Die zwei Jungen – es waren die quirligen Zwillinge – sahen erschrocken zu ihr herüber. Miriam staunte; sie selbst hatte nichts gehört.

»Das mag ja so sein, Frau Zieglitz. Aber sehen Sie mal ... oh, bitte, Entschuldigung, ich wollte natürlich sagen: Hören Sie mal! Hier auf der Hülle steht, dass Kommissarin Erla von einer gewissen

Svenja Rudenz gesprochen wird. Und nicht von Miriam Katzschke. Vermutlich klingt die Stimme dieser Frau so ähnlich wie meine – so etwas kommt vor. Es gibt ja auch Menschen, die einander verblüffend ähnlich sehen.«

Aber Frau Zieglitz schüttelte den Kopf. »Das kann nicht sein. Es ist alles so gleich, die Stimme, der Rhythmus, die Intonation. Und wie gesagt, es gefällt mir sehr gut. Ich nehme auch gleich die nächste Folge aus der Reihe mit.«

»Gerne. Warten Sie kurz, ich bringe sie Ihnen.« Miriam stand auf, um das Hörbuch aus dem Regal zu holen; auf diese Weise konnte sie auch gleich der sonderbaren Diskussion entgehen.

Als sie später ihrer Kollegin von der Sache erzählte, musste diese grinsen. »Aha, dann hast du also eine Stimmendoppelgängerin da draußen? Ein akustisches Double! Ich finde, wir sollten das gleich überprüfen.«

Ohne auf Miriams Einwand zu hören, schnappte sie sich das Hörspiel, legte die CD in einen Rekorder und wählte eine Szene irgendwo in der Mitte.

»Am Anfang taucht vermutlich keine Kommissarin auf«, erklärte sie lächelnd.

Zugleich erklang aus dem Gerät eine männliche

Stimme: »Was halten Sie denn von der Sache, Chefin?«

Es folgte eine weibliche Stimme: »Da steckt vermutlich mehr dahinter, als wir zunächst dachten. Der Tote unter der Brücke sah aus wie ein Obdachloser, in Wahrheit aber war er einer der reichsten Männer der Stadt. Das passt nicht zusammen ...«

»Verblüffend!«, rief Marlene und drückte auf Stopp.

»Wieso verblüffend?«, fragte Miriam. »Das ist doch nie und nimmer meine Stimme.«

»Aber sicher ist sie das! Man hört sich doch selbst ganz anders. Nimm dich mal mit deinem Handy auf und hör dir das an. Ihr klingt euch dermaßen ähnlich, dass es kaum zu glauben ist. Vielleicht hast du ja eine Schwester, von der du nichts weißt? Oder zumindest eine unbekannte Cousine? Es gibt die verrücktesten Dinge!«

Miriam verrollte die Augen. Das war doch alles Quatsch mit Soße, dachte sie. Aber irgendwie hatte die Neugier sie nun doch gepackt. Konnte es denn wirklich sein, dass diese Svenja Rudenz mit ihr verwandt war? Oder konnten völlig fremde Menschen tatsächlich die gleiche Stimme haben? War das biologisch überhaupt möglich? Oder welche Erklärung gab es sonst für die Verwechslung?

Miriam nahm sich vor, gleich nach Feierabend dem Geheimnis auf den Grund zu gehen. Es gab schließlich schlimmere Arten, den Heimweg in der Straßenbahn zu überbrücken, als mit einer kleinen Recherche.

Kaum hatte sie Platz genommen, nahm sie ihr Handy hervor und tippte den Namen in die Suchmaschine ein. Svenja Rudenz hatte eine Website, was ja kein Wunder war. Miriam öffnete die Seite mit der Künstlervita und begann zu lesen.

Noch bevor sie am Paradeplatz umsteigen musste, war ihr klar, dass diese Frau nicht ihre Schwester sein konnte. Und höchstwahrscheinlich auch keine sonstige Verwandte. Alles sprach dagegen, das Geburtsjahr, der Ort, der familiäre Hintergrund. Und vor allem die Fotos, von denen es etliche gab. So ähnlich ihre Stimmen auch sein mochten – optisch waren sie das Gegenteil von Zwillingen.

Miriam war erleichtert – und gleichzeitig ein bisschen enttäuscht. Aber letztlich war es vermutlich besser so. Sie steckte das Handy weg und dachte nicht mehr an die ganze Geschichte.

Bis drei Tage später ein leises Klack-klack ertönte und Frau Zieglitz die Bücherei betrat. Miriam schluckte.

»Und? Hat Ihnen *Die Tote im Löwenkäfig* gefallen?«, fragte sie.

Frau Zieglitz nickte. »Nicht ganz so gut wie die erste Folge, aber immer noch spannend.«

Miriam nickte. Sie zögerte. Dann gab sie sich einen Ruck und meinte: »Ach, und was die Sache mit der Stimme angeht ...«

Aber Frau Zieglitz winkte ab. »Schon gut. Mein Neffe hat mir alles ganz genau erklärt.«

»Was meinen Sie?«

»Die Sache mit dem Pseudonym. Weil Sie doch Angestellte bei der Stadt sind!« Die alte Dame kniff das rechte Auge zweimal zu, dann beugte sie sich vor und raunte: »Ihr Geheimnis ist bei mir sicher – Frau Rudenz. Ich werde schweigen wie ein die Tote in der Geschichte.«

Miriam stutzte, dann sagte sie, ebenso leise: »Danke, Frau Zieglitz. Sehr freundlich von Ihnen.«

Love in Cornwell

Zu den sonderbarsten Ereignissen in Miriam Katzschkes Dasein als Bibliothekarin gehörte vermutlich die Sache mit Alexander Kerbholz. Er war ein freundlicher junger Mann Mitte zwanzig, der in Heidelberg Kunstgeschichte studierte und als Tenor im Kirchenchor sang, wie er einmal erzählt hatte. Im Großen und Ganzen beschränkten sich ihre Gespräche aber auf die üblichen Floskeln oder Fragen, die den Verleih von Büchern betrafen. Nicht so jedoch an jenem Mittwochnachmittag vor Ostern, als er, sichtlich verlegen, an Miriam herantrat. Diese kämpfte gerade mal wieder mit den Tücken ihrer Software.

»Entschuldigen Sie bitte, Frau Katzschke«, begann der junge Mann zögernd, »ich hätte da eine Frage. Kontrollieren Sie eigentlich manchmal die abgegebenen Bücher nach Schäden oder anderen ... Auffälligkeiten?«

»Naja, wenn uns ein Schaden förmlich ins Auge springt, dann haken wir schon nach. Aber es gibt keine Liste mit Bemerkungen wie ›Eselsohr auf Seite 19‹ oder so.«

»Ich dachte eher an Bleistiftnotizen.«

Miriam lächelte gequält. »Die fallen nur selten auf. Und glücklicherweise kann man sie ja leicht wieder wegradieren.« Wenn man sonst nichts anderes zu tun hat, fügte sie in Gedanken hinzu.

Doch Alexander Kerbholz schüttelte den Kopf. »So meine ich das nicht. Es geht um ... Ich hätte da ... Ach, es ist schwierig.«

»Was denn?« Miriam konnte sich keinen Reim auf das seltsame Verhalten des jungen Mannes machen.

Dieser seufzte, dann begann er: »Also, es ist so: Seit Monaten stoße ich in den geliehenden Büchern immer wieder auf Markierungen von ein und derselben Handschrift. – Ja, ich weiß, das ist nicht richtig, dass jemand die Bücher beschriftet, aber ich bitte Sie, jetzt ausnahmsweise darüber hinwegzusehen. Es sind ja meistens nur Ausrufezeichen oder kurze Kommentare wie ›Schön‹ oder ›Toll‹. Und sie betreffen genau dieselben Passagen, die auch mir am besten gefallen, die mich berühren, die mir zu Herzen gehen. Es scheint da draußen eine junge Dame zu geben, die nicht nur dieselben Bücher liest wie ich, sondern ... ach, ich habe einfach das Gefühl, wir sind auf derselben Wellenlänge, verstehen Sie?«

Miriam stutzte. »Nein, nicht ganz. Ich frage mich zum Beispiel, wie Sie wissen können, dass es sich um eine junge Dame handelt. Und nicht um einen Herrn Anfang sechzig.«

Alexander Kerbholz lächelte. »Die Schrift, Frau Katzschke, die Schrift! Und vor allem die Ausrufezeichen. Sie sehen aus wie weiche, langgezogene Dreiecke, und der Punkt ist als kleines Wölkchen gemalt. Das sieht mir nicht nach einem Mann von Anfang sechzig aus, nicht wahr?«

»Na schön«, erwiderte Miriam zögernd. »Aber was hat das Ganze mit mir zu tun?«

»Mit Ihnen? Ganz einfach: Ich brauche Ihre Hilfe. Ich würde gerne mit der Leserin Kontakt aufnehmen.«

»Aber Herr Kerbholz, wie soll das denn gehen? Ich kann zwar die letzten drei Benutzer sehen, die ein Medium ausgeliehen haben – aber die Namen dürfte ich nicht weitergeben. Der Datenschutz, verstehen Sie? Und außerdem: Wie können Sie denn wissen, dass die Wölkchen nicht bereits vor langer Zeit gezeichnet wurden?«

Alexander Kerbholz lächelte versonnen. »Wissen kann man es natürlich nicht, nur vermuten. Und hoffen. Zum Teil sind es recht neue Bücher – allzu lange kann es also noch nicht her sein. Und die Sache mit dem Datenschutz ist klar. Deshalb habe ich mir etwas ausgedacht.«

Er holte einen Brief hervor.

»Den hier habe ich geschrieben – an die Unbekannte. Keine Sorge, er enthält im Grunde nur die Fakten, die Sie eben gehört haben. Und das Angebot zur Kontaktaufnahme, weiter nichts. Ich ... möchte Sie bitten, Frau Katzschke, diesen Brief zu übergeben.«

»Zu übergeben?« Miriam war verwirrt. »Aber an wen?«

»An die Person, die als nächstes den sechsten Band der Reihe *Love in Cornwall* von Letizia Happiness ausleiht. Sehen Sie: Ich habe die ersten vier Teile gelesen, und in allen gab es diese Ausrufezeichen. Band fünf ist derzeit nicht da – vermutlich hat sie ihn gerade. Also gehe ich davon aus, dass sie demnächst Band sechs ausleihen wird, das ist der letzte – und vermutlich auch meine einzige Chance, diese Frau zu finden. Ich bitte Sie, helfen

Sie mir. Sie müssen nur den Brief derjenigen Person aushändigen, die sich den sechsten Band von *Love in Cornwall* ausleiht. Weiter nichts. Das ist kein Datenschutzproblem, soweit ich sehen kann. Und große Mühe macht es auch nicht.«

Er blickte sie so flehend an, dass Miriam sich zu einem »Also gut« hinreißen ließ – was sie kurz darauf bereute. So etwas brachte in der Regel nichts als Scherereien mit sich, und letzten Endes würde sie an allem schuld sein – was auch immer dieses »alles« sein mochte. Aber nun war es geschehen, nun konnte sie nicht mehr zurück. Sie konnte nur hoffen, dass sie durch Zufall nicht im Dienst war, wenn jemand das besagte Buch auslieh. Oder dass Marlene Wassermann sich um die Sache kümmern würde; sie hatte schließlich nichts versprochen. Die Chancen standen also ziemlich gut, dass sich der Fall von selbst erledigte. Man musste nur dem Universum vertrauen.

Aber das Universum war mal wieder nicht auf Miriams Seite. Am Dienstag nach Ostern wurde sie an ihr Versprechen erinnert.

»Guten Tag, Frau Katzschke«, sagte eine angenehme Frauenstimme, als Miriam gerade eine Email verfasste. Als sie von ihrem Bildschirm aufsah, blickte sie in ein freundliches Bratapfelgesicht, das von tausend Fältchen durchzogen war. Es gehörte Mirena Xanthopoulos, einer freundlichen alten Damen mit einer unübersehbaren Vorliebe für bunte Seidentücher. In ihrer altersfleckigen kleinen Hand hielt sie *Das Lied der Sehnsucht*, den sechsten Band der *Love-in-Cornwall*-Reihe von Letizia Happiness. Miriam schluckte. In ihrem Schreibtisch lag noch immer der fatale, hoffnungsvolle Brief. Sie würde ihn wohl besser dort ruhen lassen.

»Guten Tag«, erwiderte sie ein wenig verlegen und scannte den Leseausweis. »Da haben Sie sich ja eine nette Lektüre ausgesucht.« Etwas Besseres fiel ihr im Augenblick nicht ein.

Die alte Dame schüttelte den Kopf und zeigte ihre makellosen vierten Zähne. »Ich bin nicht so romantisch, wissen Sie? Das ist für meine Enkelin, die Dafni. Sie liebt das Zeug abgöttisch. Aber die Kleine liegt seit Tagen krank im Bett und kann nichts machen außer lesen und Kräutertee trinken. Deshalb muss die Oma jetzt Nachschub holen.«

Miriam stutzte. »Das ist für Ihre Enkelin? Darf ich fragen, wie alt die Kleine denn ist?«

Mirena Xanthopolus lachte. »Zweiundzwanzig. Aber sie bleibt meine Kleine, auch wenn sie demnächst ihren Bachelor macht. In Kunstgeschichte.«

Miriam sagte nur »Ach«. Und dann, bevor ihr Verstand die Chance bekam, sein Veto einzlegen, hatte ihre Hand bereits den Brief hervorgeholt und hielt ihn der verblüfften alten Dame entgegen.

Vier Wochen später lag in der Post eine Karte, zu Händen Frau Miriam Katzschke. Auf der Vorderseite war eine raue Küste mit Klippen und schäumender Brandung zu sehen. Im Textfeld standen nur neun Wörter:

Liebe Frau Katzschke,
vielen herzlichen Dank!

Dafni und Alexander

Das Ausrufezeichen sah aus wie ein weiches Dreieck mit einem kleinen Wölkchen darunter.

Bis zum Sonnenaufgang

Bücher und Feuer, das passt nicht zusammen. Und trotzdem war es plötzlich da: zuerst nur ein winziger Funken, dann ein pulsierendes, orangerotes Glimmen – und wenige Sekunden später ein flammendes Inferno. Rotgelbe Zungen schossen zur schneeweißen Decke empor, schwarzgraue Ascheflocken torkelten durch die Luft wie sterbende Falter. Wissen und Weisheit gingen in Rauch auf, Heldentaten zerfielen zu Staub, und ewige Liebe erlosch in einem kurzen Augenblick für immer.

Angefangen hatte alles bei den englischen Büchern, dann war das Feuer übergesprungen auf die Romane und von dort auf die Reihen der Krimis und Thriller. Als nächstes standen die Reiseführer in Flammen, die Biographien, die historischen Werke. Und schließlich auch die Kinderbücher. Das Feuer kam näher und näher. Miriam sah es – und konnte sich nicht bewegen. Lauf!, rief eine Stimme von irgendwoher, doch Miriam lief nicht. Sie stand nur da und starrte gebannt in die Glut. Die ersten Regale brachen zusammen, die Fenster zerbarsten unter der Hitze. Miriam schrie und warf sich zur Seite.

Auf einmal war es still. Und absolut dunkel. War das schon der Tod? So rasch – und so schmerzlos? Und auch so ... muffig und dumpf? Sie atmete schwer. Nichts tat ihr weh. Nur ihre Kehle war trocken und fühlte sich an wie Schmirgelpapier.

Es dauerte eine Weile, bis sie verstand, dass alles nur ein böser Traum gewesen war. Sie befand sich nicht in den rauchenden Trümmern der Bücherei und auch nicht in der Hölle, sondern sie lag in ihrem Bett in ihrer Wohnung in der Innenstadt. Es war kein Prasseln zu hören, kein Bersten und kein Klirren – nur das leise Rauschen der Heizung. Und das Klopfen ihres eigenen Herzens.

Miriam war schweißgebadet. Widerwillig stand sie auf und schlurfte ins Bad. Dort zog sie den verschwitzten Pyjama aus und wusch sich mit kaltem Wasser, bis sie eine Gänsehaut bekam. Dann trank sie ein paar Schlucke aus dem Hahn. Allmählich ging es ihr besser. Sie schlurfte zurück zum Bett und setzte sich auf den Rand. Der Wecker zeigte halb zwei. Wie konnte es nur sein, dass ihre Arbeit sie auf einmal in den Schlaf verfolgte und sie mit bösen Träumen plagte? Lag es an dem überheizten Zimmer?

Im Grunde wusste sie längst die Antwort. Es war das gleiche Problem, das sie den ganzen Abend schon quälte, auf dem Heimweg, in der Straßenbahn, beim Kochen und beim Abwasch: Hatte sie am Arbeitsplatz die Kaffeemaschine ausgeschaltet?

Natürlich hast du das gemacht, du hast es doch noch nie vergessen! Mit diesen Worten hatte sie versucht, sich zu selbst zu beruhigen, jedoch mit mäßigem Erfolg. Und jetzt schlug ihr Gewissen Alarm und schickte ihr Träumen von brennenden Büchern. War Psychologie tatsächlich so einfach? Dann fragte sie sich ernsthaft, warum ihre Freundin Ayse sich immer beschwerte, das Studium sei so schwer.

Miriam seufzte und knipste das Licht aus. Träum' was Schönes!, sagte sie zu sich selbst und rollte sich in ihre Einschlafstellung.

Fünf Minuten später stand sie fluchend wieder

auf und zog sich an. Sie würde keine Ruhe finden, das war ihr klar.

Die Hinfahrt war nicht weiter schlimm; es saßen noch genügend Menschen in der Straßenbahn. Aber die letzten paar hundert Meter hatten es in sich. Die Haltestelle lag im Dunkeln; niemand außer Miriam stieg aus. In einer Ecke kauerten zwei dunkle Gestalten. Sie hatten die Kapuzen ihrer Pullis tief in die Stirn gezogen; die Gesichter waren nicht zu sehen, nur das rote Glühen ihrer Zigaretten.

An denen musste sie vorbei. Miriam zählte leise bis drei, dann ging sie langsam los. Die beiden hoben die Köpfe. Sie spürte ihre Blicke auf sich … wie … Sie musste an die Nazgul denken, die bösen Geister aus *Der Herr der Ringe*.

Miriam ging schneller. Sie hörte ein Tuscheln und dann ein Scharren; da wusste sie, dass die beiden aufgestanden waren. Dass sie ihr folgten.

Sie bog um eine Ecke. Niemand war auf der Straße, die Fenster waren alle dunkel. Hinter sich hörte sie Schritte.

Miriam begann zu laufen, zu rennen. Dabei wühlte sie in ihren Taschen panisch nach dem Schlüssel. Sie musste jetzt schnell sein. Sie musste zur Bibliothek, sie musste die Alarmanlage entsichern, die Tür aufreißen, hinein, die Tür hinter sich schließen, den Schlüssel ins Schloss stecken, drehen. Dann war sie sicher. Zumindest fürs Erste.

Es würde nicht klappen, das wurde ihr klar. Allein die Sache mit der Alarmanlage musste ihr zum Verhängnis werden. Es würde zu lange dauern. Aber vielleicht war das auch die Rettung. Wenn der Alarm losging, würden die beiden Reißaus nehmen. Oder auch nicht.

Da vorne war die Tür. Wo waren die beiden?

Ihre Hände zitterten so stark, dass ihr der Schlüssel zu Boden fiel. Sie hätte heulen können. Sie bückte sich, hob ihn auf – und wagte einen Blick nach hinten.

Niemand war zu sehen. Die Straße war leer. Keine dunklen Gestalten. Keine Kapuzenpullis. Keine glühenden Punkte.

Sie zwang sich, langsam und ruhig zu atmen. Allmählich hörte das Zittern auf. Sie schaffte es, die Tür zu öffnen, ohne dass der Alarm losging. Sie schlüpfte hinein und schloss zur Sicherheit hinter sich ab.

Sie machte kein Licht, sondern nutzte ihr Handy als Lampe. Vorsichtig tappte sie nach hinten ins Büro. Da stand die dumme Maschine, und natürlich war sie ausgeschaltet. Sogar der Stecker war herausgezogen! Die ganze Aktion für nichts, die ganze Angst, die Panik. Miriam fluchte.

Dann musste sie plötzlich lachen. Im Grunde war es doch genau das, was sie sich als kleines Mädchen immer gewünscht hatte: einmal die Nacht alleine in der Bibliothek zu verbringen, nur sie und die Figuren aus den Romanen.

Sie ging zum Lesesofa, zog die Schuhe aus und machte es sich bequem. Dann streckte sie den Arm aus und griff nach dem nächstbesten Buch, das ihre Finger erreichen konnte. Der Titel war ihr egal. Sie wusste, es würde gut sein. Sie würde hier die Nacht verbringen, hier, in ihrem Reich, auf diesem Sofa, im Schein der Handytaschenlampe, und sie würde tun, was sie am allerliebsten tat: Sie würde lesen, lesen, lesen.

Bis zum Sonnenaufgang.